OÈMES ENFANTINS

PAR

JANE ET ANN TAYLOR

ILLUSTRATIONS

DE

KATE GREENAWAY

TRADUCTION LIBRE

DE

J. GIRARDIN

POÈMES ENFANTINS

POÈMES ENFANTINS

PAR

JANE ET ANN TAYLOR

ILLUSTRATIONS

DE

KATE GREENAWAY

TRADUCTION LIBRE

DE

J. GIRARDIN

PARIS

LIBRAIRIE HACHETTE ET Cie

79, BOULEVARD SAINT-GERMAIN, 79

1883

TABLE DES MATIÈRES

UNE HISTOIRE VRAIE.

Un jour la petite Jeanne était sortie avec sa maman, qui l'emmenait presque toujours quand elle avait des courses à faire. Or voici ce qui arriva au moment où elles traversaient le quartier le plus élégant et le plus riche de la ville.

Devant une des plus belles maisons, une magnifique voiture était avancée ; des dames très élégantes sortirent de la maison et montèrent dans la voiture pour aller se promener.

Ces dames étaient parées de plumes et de bijoux; la voiture, peinte et dorée, avait par derrière des laquais, qui portaient une livrée vert et argent, et par devant des chevaux qui piaffaient.

La petite Jeanne marchait à côté de sa mère, le cœur gros, sans rien dire; tout à coup une grosse larme roula le long de sa joue. Alors sa mère lui dit: "Je voudrais bien savoir ce qui te fait pleurer."

"Maman," répondit la petite fille, "regardez cette voiture dorée qui reluit comme un soleil. Qu'il doit faire bon dedans, et que ces dames sont heureuses de ne pas sortir à pied, comme nous, quand il fait si grand froid.

"Tu dis que Dieu est bon pour les personnes qui sont bonnes; mais je crois que tu dois te tromper; sans cela est-ce qu'il ne te ferait pas cadeau d'une belle voiture pareille à celle-là?"

"Ma mignonne," lui dit sa mère, "tourne seulement la tête, et regarde, debout à la portière de la voiture, une pauvre malheureuse en guenilles, qui tend la main pour avoir un petit sou.

"Vois comme elle a les joues pâles et les yeux battus; regarde ses pauvres mains maigres; c'est à peine si ses haillons suffisent à la couvrir; ses pieds sont nus et laissent des traces de sang sur les pavés."

"Mes bonnes dames," dit-elle en pleurant, "faites la charité à une pauvre malheureuse, pour l'amour de Dieu; j'ai couru toute la ville pour tâcher de trouver un morceau de pain; je n'ai pas mangé de la journée.

"Il y a longtemps que je n'ai plus ni père ni mère; mon frère est parti sur un vaisseau. C'est à peine si mes haillons me couvrent, et je meurs de faim. Vous n'avez qu'à me regarder pour voir que je ne mens pas.

"Je suis tombée malade, j'ai eu une mauvaise fièvre; mais personne ne s'est inquiété de moi. J'ai donc tremblé la fièvre dans un vilain taudis, couchée sur une poignée de paille.

"Enfin j'ai pu me lever, mais c'est à peine si je puis me soutenir; j'ai faim, je suis à demi-nue par ce froid rigoureux. Je raconte aux gens ma misère, et l'on me répond le plus souvent par de dures paroles.

"Il y a des personnes qui ne veulent même pas m'entendre; d'autres me traitent de vagabonde et de voleuse. De tant de créatures du bon Dieu qui battent le pavé de la grande ville, une à peine, de temps à autre, me prend en pitié.

" Mesdames, mes chères dames, laissez-vous toucher." . . . Un grand laquais s'empresse à la portière, demandant où ces dames veulent qu'on les conduise; les chevaux piaffent, la voiture part.

" Vois, ma mignonne," dit la mère à sa petite fille, " vois combien tu avais tort de te plaindre. Regarde seulement au-dessous de toi, et tu comprendras combien tu as été folle, combien tu as péché contre la Providence.

" Cette pauvre petite mendiante meurt de faim et de froid, et elle n'a pas de maman qui l'attende à la maison pour l'aimer et pour prendre soin d'elle. Rien qu'à la regarder, la pauvre petite, tu dois sentir ton cœur se remplir de gratitude.

" Toi, tu as une maison, un foyer ; tu as des amis, une table abondamment servie ; et tout cela, c'est à la bonté de Dieu que tu le dois, et rien qu'à sa bonté ; et qu'as-tu fait pour mériter d'être traitée autrement que cette pauvre malheureuse ?

" Une voiture, un laquais, une belle toilette, ce n'est pas cela qui fait le vrai bonheur. Ce que tu dois désirer par-dessus tout, c'est d'être bonne ; remets tout le reste entre les mains de Dieu."

LES ENFANTS ET LE POMMIER.

Léon et Paul, dans une de leurs promenades, arrivèrent un jour devant un beau verger. Comme ils aimaient les pommes à la folie, Paul dit à Léon :

" Mais regarde donc ces branches chargées de fruits ! Je vais escalader le mur. Il me faut une de ces pommes, et une de ces poires aussi, quand je devrais me rompre le cou."

Léon lui répondit : " C'est un péché de voler ; maman te l'a répété bien souvent. Moi, je n'ai jamais volé, et je ne commencerai pas aujourd'hui ; ce n'est pas moi qui toucherai à ces pommes."

" Tu as raison, comme toujours," dit Paul ; " continuons notre promenade. Allons faire une petite visite à notre camarade Benjamin Noël ; je suis sûr qu'il sera content de nous voir."

Les voilà à la porte de Benjamin Noël. " Est-ce que Benjamin est à la maison ? " Oui, Benjamin y est ; la preuve, c'est qu'il vient en personne les prier d'entrer.

Benjamin sourit ; et même il rit de les voir, et il en saute de joie. " Et nous aussi," disent les deux frères, " nous sommes contents de voir notre bon camarade."

" Venez vous promener au jardin ; la matinée est belle. Papa nous permet d'y aller ; et même il vous invite à dîner. Quelle bonne journée nous allons passer ensemble !"

Les voilà donc au jardin. Mais qui fut bien surpris ? Ce furent les deux frères, en reconnaissant le jardin qu'ils avaient vu de la route. Arrivés près du grand mur, ils frémirent de terreur.

" Ah oui ! " dit Benjamin, " ce grand cercle de fer que vous voyez, avec des dents de scie, c'est le protecteur de notre jardin ; il fait peur à tous ceux qui seraient tentés d'escalader le mur.

" Si quelque fou méprisait cet avertissement, il aurait la jambe broyée par ce piège à loups." Alors Léon dit à Paul : " Songe un peu : si tu avais escaladé le mur, tu aurais eu la jambe broyée !"

Paul, les yeux fixés sur la terrible machine, lui répondit : "Merci de moi ! je suis payé désormais pour lutter contre mes défauts. Je vois ce qu'il en peut coûter de violer la loi, ne fût-ce que pour voler une pomme."

LE BONNET D'ÂNE DE SOPHIE.

Sophie était une petite fille bonne, douce et obligeante. Pour l'empêcher de devenir vaine et coquette, sa maman lui mettait des petits costumes élégants, mais simples. Ses parents avaient du bon sens, et c'était son esprit qu'ils prétendaient orner. Quand on était bien content d'elle, cela se voyait à son petit costume, dont la propreté et la simplicité faisaient tout le luxe.

Quand elle s'était montrée peu polie, ce qui d'ailleurs lui arrivait rarement, quand elle avait eu un accès de mauvaise humeur, savez-vous comment on la punissait ? On lui mettait sur la tête un beau chapeau orné de dentelles, de plumes et de rubans. Ce chapeau était de la bonne faiseuse, et taillé à la dernière mode ; mais comme on l'appelait un bonnet d'âne, Sophie redoutait par-dessus tout d'en être coiffée.

Un jour, une élégante, une dame à la mode, vint faire visite à la maman de Sophie. La petite fille la regarda avec de grands yeux, et dit tout bas à sa maman : "Oh ! maman, regarde sur sa tête ! Méchante à son âge ! Non, je n'ai jamais vu chose pareille ! Qu'a-t-elle donc bien pu faire, pour qu'on lui ait mis le bonnet d'âne ?"

MARIE TIENT SA PAROLE.

"Ma bonne Marie, j'ai quelque chose à t'annoncer qui te fera grand plaisir ; comme tu t'es montrée soigneuse et appliquée, je te permets d'aller prendre le thé avec ta cousine Jeanne.

" Mais, chérie, souviens-toi de ceci. Quelque envie que tu aies de rester, et quelque répugnance que tu éprouves à revenir, je désire que tu rentres à neuf heures."

Marie remercia beaucoup sa mère, et lui promit formellement d'obéir. Après l'avoir embrassée tendrement, elle se retourna encore pour lui sourire, et partit, escortée de sa bonne.

Arrivée chez sa tante, on la conduisit à l'endroit où la bande joyeuse prenait ses ébats. Aussitôt que les autres la virent arriver, ils lui souhaitèrent chaleureusement la bienvenue.

On danse, on joue, on chante, chacun prend sa large part des divertissements Puis les domestiques passent des plateaux chargés de toutes sortes de friandises.

Le papa de Jeanne se montre et dit : " Mes enfants, si vous voulez voir la lanterne magique et les merveilles qui vont apparaître sur le mur, laissez là tous vos jeux, et suivez-moi."

Marie admire, comme les autres, Monsieur le Soleil et Madame la Lune et les Exploits du Chat Botté ! Elle se demande avec angoisse si le Petit Poucet échappera à l'Ogre . . . lorsqu'elle entend sonner neuf heures.

" La bonne de Mademoiselle Marie est là ! " " Pourquoi partez-vous si tôt ?" s'écrient tous les enfants. Ils veulent la retenir, mais elle résiste ; et il faut se résoudre à lui dire : " Au revoir !"

"Tu vois, maman, je ne suis pas en retard." "Tu es une bonne fille," lui répond sa mère. "Je savais bien que tu me tiendrais parole, et que tu mériterais la récompense que je te destine."

" Suis-moi, ma chérie, et viens voir l'homme à qui j'avais donné rendez-vous pour neuf heures précises." Marie ne se fit pas prier pour descendre, et elle trouva en bas l'homme qui l'attendait.

" Mademoiselle, j'ai de jolis oiseaux à vendre : perroquets, perruches, colombes, oiseaux des îles, de toutes les tailles et de toutes les couleurs ; j'ai aussi des linottes et des geais."

" Je ne veux ni perroquets, ni perruches, ni oiseaux des iles ; mais puisqu'il m'est permis de choisir, je prendrai un de ces jolis pigeons, si gentils, et qui roucoulent si doucement."

"J'approuve ton choix, ma chère Marie," dit la mère. "Il n'est pas d'oiseau qui se puisse comparer au pigeon. Mais, de peur que celui-là ne s'ennuie tout seul, je t'offre la paire."

MADEMOISELLE SANS-SOIN.

"COMMENT, Mathilde, voilà encore que tu n'as pas achevé ta tâche ! Tes ciseaux, où sont-ils ? Ton dé, absent ! Tes aiguilles, tes épingles, ton fil et tes rubans, tout est égaré. Voilà l'étui d'un côté, le sac de l'autre.

"Fi ! fi ! mon enfant ! cela ne peut pas continuer ; quoi ? tu n'es pas seulement peignée, et voilà ta robe en loques ! Il faut que cela finisse ; je n'ai que trop attendu ; je vais t'envoyer chez ta tante ; elle t'apprendra ce qu'une petite fille doit savoir !" Mathilde eut beau pleurer, supplier, promettre de se corriger, il lui fallut aller chez sa tante.

Elle arrive au Château de la Pénitence ; la tante Pas-Commode la regarde d'un œil sévère : "Tu sais lire et écrire," dit la tante, "et l'on me dit que tu ne couds pas mal ; tu es une bonne fille, bien douce et tu as bon caractère. Malheureusement tu es négligente, désordonnée et étourdie. Quand tu sortiras d'ici, tu seras une tout autre petite fille."

Le lendemain matin, la petite fille demanda la permission de se promener. "À l'ouvrage !" répond tante Pas-Commode, "et surtout pas de jérémiades inutiles. Tu ne quitteras ta chambre que pour descendre déjeuner." Mathilde était dans sa chambre, bien honteuse, comme vous l'imaginez facilement ; une dame apparut devant elle ; c'était la Fée du Désordre. Cette dame était fort mal peignée ; sa robe était tout de travers, et elle avait oublié de se débarbouiller ; sa mine était peu engageante, et elle manquait absolument de grâce.

"Allons ! petite," dit-elle ; "ma maîtresse m'a chargée de te remettre ce sac de soie, et cette jolie fleur comme modèle. Tu emploieras ton après-midi à la copier. Attention aux nuances, et que les points soient bien réguliers." Avec un sourire qui ressemblait à une grimace, la Fée du Désordre sortit de la chambre.

Les soies étaient tellement emmêlées qu'une chatte n'y aurait pas retrouvé ses petits. Mathilde prit un fil et le compara avec les nuances de la fleur. "Jamais je n'en viendrai à bout ;" se dit-elle, "si tante Pas-Commode m'avait envoyé des soies en bon ordre et bien assorties, j'aurais pu essayer." Là-dessus elle soupira et fondit en larmes. Elle entend un bruit de pas ; sur le seuil apparaît une jolie servante, bien propre et tirée à quatre épingles. Cette servante a la voix douce, l'air posé et en même temps aimable. "Je suis la Fée de l'Ordre ; ne pleure pas, ma chérie ; regarde-moi bien, et tu apprendras à faire comme moi." Elle prit les soies, démêla les nuances, et forma soigneusement des écheveaux séparés. Après avoir adressé un doux sourire à l'enfant, elle sortit de la chambre.

Mathilde se met à l'œuvre. Que son travail lui semble facile ! Son cœur bat de joie, car voilà que la fleur est achevée. Elle s'élance hors de la chambre en criant : " J'ai achevé ma tâche !" La tante examine la fleur et peut à peine en croire ses yeux. Sa figure prend aussitôt une expression de douce surprise. "Très bien, voilà une jolie fleur, bien ressemblante et terminée à temps. Et maintenant, ma fille, joue et promène-toi à ta fantaisie." Voilà comment s'acheva pour Mathilde cette journée si redoutable. Quand elle se mettait au travail, la Fée du Désordre lui faisait ses offres de service, mais aussitôt la Fée de l'Ordre venait lui donner un coup de main. Quelquefois, au début, il y avait des larmes et des soupirs ; grâce à la Fée de l'Ordre, le sourire reparaissait bien vite. La tante Pas-Commode était devenue charmante. Les négligents seuls ont à redouter ses regards.

Il est venu enfin le jour si ardemment désiré, le jour où Mathilde doit retourner près de sa mère. "Tu me quittes, enfant, mais rappelle-toi toujours le temps que tu as passé au Château de la Pénitence. Et maintenant, ma chère petite, emmène avec toi une de mes servantes. Choisis celle qui te plaît le mieux. Quoi ! tu détournes avec effroi tes regards de la Fée du Désordre?" Mathilde serra sur son cœur la charmante Fée de l'Ordre, en lui disant : "Tu es ma meilleure amie ; jamais je ne me séparerai de toi !"

LA VIOLETTE.

Dans l'ombre, au milieu de l'herbe, avait poussé une humble violette. Sur sa tige penchée, elle baissait la tête, comme pour se dérober à tous les regards.

Et pourtant c'était une jolie fleur, dont la nuance sérieuse avait sa beauté. Elle n'eût point déparé un berceau de roses vermeilles ; malgré cela, elle se cachait dans l'herbe.

C'est là qu'elle s'obstinait à fleurir, à déployer les nuances modestes de ses pétales, à répandre autour d'elle ses doux parfums, dans le silence et l'ombre.

Je veux aller dans la vallée, pour voir cette jolie fleur, pour apprendre d'elle à grandir, moi aussi, dans l'humilité et la modestie.

L'ORPHELINE.

J'AI perdu mon père et ma mère; je n'ai plus ni amis ni parents. Et maintenant ils dorment sous la froide terre, et les pâquerettes pousseront sur eux.

J'ai regardé dans la fosse; cette vue m'a fait verser des larmes amères; et j'ai dit: "Voilà donc la sombre demeure où mon père et ma mère reposeront désormais!"

Ensuite je promenai mes regards tout autour de moi, dans l'espoir de trouver un protecteur. Hélas! mes yeux ne se reposèrent sur aucun visage ami. Personne n'a eu pitié de moi.

Alors je levai les yeux vers le ciel ; hors d'état de prononcer une parole, je ne pus que gémir. Mais Dieu ne fut pas sourd à mes gémissements ; l'ami des orphelins m'entendit.

Car, depuis le jour où j'ai mis ma confiance en lui, où j'ai appris à compter sur sa parole, Il m'a préservée de tous les pièges, Il a été pour moi le meilleur des pères et des amis.

DÉSAPPOINTEMENT.

TOUTE en larmes la pauvre Henriette s'en vient trouver sa mère. Écoutons ce qu'elle dit : " Regarde, ma chère maman, la pluie tombe si fort, que nous ne pouvons pas sortir dans le poney-chaise.

" Et moi qui ai rêvé toute la semaine de cette promenade ! Les minutes me semblaient des heures. Me voilà habillée, toute prête à partir ; regarde, maman, cette horrible pluie ! "

" Je suis fâchée, ma chérie," répond la bonne mère, " que la pluie fasse manquer notre partie, précisément aujourd'hui. Mais ce qui me fait plus de peine encore, c'est de te voir dans un pareil état pour une promenade manquée.

" Ces petites épreuves nous sont envoyées pour nous préparer aux épreuves plus sérieuses que nous réserve l'avenir. Car nous pouvons compter d'avance sur des chagrins réels ; personne n'en est exempt.

" Ce jour de congé perdu, c'est l'image fidèle de la vie la plus heureuse sur laquelle nous puissions compter ; toujours quelque chose vient gâter nos plaisirs et contrarier nos projets, pour nous rappeler que la félicité parfaite n'est pas de ce monde.

"Quand tu te trouveras au milieu de ces épreuves et de ces contrariétés, ce qui ne tardera guère, tu seras bien surprise à l'idée d'avoir versé une seule larme pour une partie manquée.

" Mais si les plaisirs du monde n'ont ni durée ni consistance, la Religion est stable, et ne trompe jamais. Demande-lui les joies réelles et la paix du cœur, et tu ne seras jamais désappointée."

JACQUES ET L'ÉPAULE DE MOUTON.

Le jeune Jacques revenait de l'école vers midi, affamé comme un jeune loup. " Mon déjeuner," dit-il à Victoire, qui était la servante du logis.

Victoire lui répondit : " Le déjeuner n'est pas revenu de chez le boulanger ; d'ailleurs il n'est pas en retard." " Cela m'est bien égal," s'écria Jacques ; " moi, je n'aime pas à attendre."

Jacques court tout droit chez le boulanger : " Le déjeuner est-il prêt ? " " Oui," répond le garçon boulanger. " Eh bien, je vais l'emporter moi-même."

" Non, monsieur," répond prudemment le garçon boulanger. " C'est trop chaud, et puis c'est trop lourd pour vous." " Et moi, je vous dis que ce n'est ni trop chaud ni trop lourd.

"Papa et maman sont sortis, et moi, j'ai une faim de loup. Donnez-le-moi, c'est mon déjeuner ; et puis, garçon, pas un mot de plus, s'il vous plaît.

"Je sais qu'il y a une bonne épaule de mouton, et puis un fameux pâté. J'en suis bien aise, car j'aime le mouton et le pâté ; notre Victoire est une fameuse cuisinière."

Jacques enfile la porte et tourne le coin de la rue. Malheur ! trois fois malheur ! Le plat est trop chaud et brûle les doigts de Jacques !

Le plat tombe sur le trottoir, et rebondit dans le ruisseau ; le plat et son contenu, bien entendu. Le pâté fait naufrage, et prend un bain dans l'eau malpropre.

Les passants rient de l'aventure, les gamins se fendent la bouche jusqu'aux oreilles. Jacques n'est pas fier ; cependant il fait bonne contenance et crie : « Du moins l'épaule de mouton est sauvée. »

Il l'empoigne par l'os, et la serre de toutes ses forces. Sourd aux cris et aux épigrammes, il se sauve en brandissant l'épaule de mouton, et arrive à la maison.

« L'impatience est un défaut, » s'écrie-t-il. « Le boulanger me l'avait bien dit. Une autre fois je serai plus patient, et j'écouterai notre Victoire ! »

LES BONNES PETITES FILLES.

Deux bonnes petites filles, nommées Marie et Anne, vivent parfaitement heureuses ; c'est le lot des bonnes petites filles. Elles ne sont ni sottes ni muettes, et pourtant on ne les entend jamais discuter.

Si toutes deux désirent la même chose, croyez-vous qu'elles vont se quereller ou se battre? Comme chacune d'elles est toujours prête à céder, elles n'en viennent jamais à ces fâcheuses extrémités.

Quand l'une d'elles a quelque chose de bon, elle le partage avec sa sœur. Jamais on ne les voit, comme certaines gourmandes de ma connaissance, s'aller cacher dans les coins, pour tout dévorer sans être vues.

S'agit-il de rendre un petit service à papa ou à maman, elles se disputent le plaisir de le rendre, au lieu de se renvoyer la balle et de se dire : "C'est ton affaire!" "Non, c'est la tienne!"

En toute circonstance, soit au jeu, soit au travail, chacune est prête à céder et à sacrifier ses préférences. Essayons de suivre leur exemple, et d'imiter toujours leur bonté et leur obligeance.

A UNE PETITE FILLE QUI AVAIT MENTI.

"Ainsi donc, ma chérie a fait un mensonge? Ainsi donc, elle a oublié qu'elle parlait en présence de Dieu? Ce Dieu qui la voyait ; ce Dieu à qui nous ne pouvons cacher aucune de nos actions : elle a donc oublié que Dieu pouvait la voir et l'entendre toujours et partout?

"C'est lui qui a fait tes yeux, et il y peut lire jusqu'à tes plus secrètes intentions. C'est lui qui a fait tes oreilles, et il t'entend lorsque tu crois que personne n'est là pour t'écouter. En tout lieu, la nuit, le jour, il observe tout ce que tu dis et tout ce que tu fais.

"Oh! avec quelle ardeur je souhaite te voir agir de façon à n'avoir pas besoin de recourir au mensonge. Et quand tu désires faire une chose que l'on t'a défendue, souviens-toi, pour n'être jamais tentée de désobéir, que Dieu est là.

"Pourquoi craindre de dire la vérité ? Trouves-tu que le mensonge réussisse si bien ? Est-ce une satisfaction pour toi de dire : Ce que j'ai fait est si mal que je suis obligée de le cacher ? Non ! quelle que soit ta faute, la seule chose qui te reste à faire, c'est de l'avouer.

"Tout le temps que tu dissimules ton péché, tu ne peux avoir le cœur léger ni l'âme contente. Ce pauvre petit cœur sera oppressé, comme si un poids pesait sur ta poitrine. Rien qu'en rencontrant le regard de ta mère, tu sentiras tes joues devenir rouges et brûlantes.

"Dieu t'a montré clairement ton devoir ; je n'en veux pour preuve que tes transes et la rougeur de tes joues. La conscience, comme un ange de miséricorde, monte la garde dans ton âme, pour te rappeler ton devoir. Écoute les avertissements de cette amie. Ne mens jamais ; ne te mets jamais dans la nécessité de mentir."

LE PETIT GARÇON MALPROPRE.

Il y avait une fois, à ce que dit l'histoire, un petit garçon nommé André, qui n'avait jamais les mains complètement propres, ni la figure non plus. Ceci soit dit à son éternelle confusion.

Il faisait honte à ses camarades, qui essayaient tous les moyens pour le rendre présentable. Vains efforts ! une demi-heure après, il n'y paraissait plus ; sa figure et ses mains avaient de nouveau perdu leur couleur naturelle. C'était lamentable à voir.

Cela ne lui faisait rien du tout d'entendre les plaintes de ses petits amis ; il ne s'inquiétait pas davantage des taches et de la poussière qui couvraient ses habits. Il était trop indolent pour comprendre les avantages de la propreté, et pour goûter le plaisir d'être propre.

Les paresseux, les méchants garçons, peuvent seuls se complaire comme lui dans la malpropreté ; mais les bons enfants trouvent toujours moyen d'être propres, et d'avoir une tenue décente. C'est un goût qui leur est naturel, et qu'ils trouvent toujours moyen de satisfaire, même les plus pauvres.

MADEMOISELLE TOUCHE-À-TOUT.

Il suffit quelquefois d'un seul vilain défaut pour rendre insupportables de bons et braves petits enfants. Mathilde était une excellente petite fille, mais elle avait un vilain défaut. De même que les nuages nous cachent le ciel, de même ce défaut cachait les bonnes qualités de Mathilde.

Tantôt elle levait le couvercle de la théière, pour voir ce qu'il y avait au fond; ou bien elle penchait la bouilloire aussitôt que vous aviez le dos tourné. On avait beau lui dire de veiller sur ses mains, son vilain défaut allait s'aggravant de jour en jour.

Une fois sa grand'maman eut à sortir, et par mégarde laissa ses lunettes et sa belle tabatière à portée de Touche-à-Tout. "Bon!" pensa la petite fille, "j'essayerai les lunettes de grand'maman aussitôt qu'elle sera partie. Ce sera si amusant!"

Aussitôt elle plaça les lunettes sur son petit nez, de grandes lunettes avec des verres énormes. Naturellement elle regarda tout autour d'elle. "Qu'est-ce que j'aperçois?" s'écria-t-elle; "la tabatière de grand'maman. Quelle jolie boîte!" se dit-elle aussitôt. "Il faut que je l'ouvre!

"Si grand'maman était là, je sais bien ce qu'elle dirait: 'Ne touche pas à ma tabatière, ma chérie!' Mais grand'maman est bien loin, et il n'y a ici personne pour me voir. D'ailleurs, quel mal y a-t-il, je me le demande, à ouvrir cette jolie petite boîte."

Ouvrir! c'est bientôt dit, mais ce n'est pas si facile à faire. Le couvercle résiste; la petite fille s'acharne. Tout d'un coup, au moment où elle s'y attend le moins, le couvercle cède brusquement, et voilà le contenu de la tabatière qui saute à la figure de Touche-à-Tout.

Pauvres yeux! pauvre nez! pauvre bouche! quel spectacle lamentable vous offriez en ce moment. Mathilde pleurait à fendre l'âme. Il était bien temps de se repentir de sa sottise. Elle courait partout pour chercher un soulagement à sa souffrance, et tout le temps elle éternuait.

Elle jeta les lunettes pour essuyer ses yeux, qui étaient rouges et enflammés. Les lunettes étaient en morceaux. Tout à coup, la petite fille aperçoit sa grand'mère qui rentre. "Allons! qu'y a-t-il encore?" s'écrie la grand'maman, en levant les sourcils très haut.

Mathilde, qui a toujours des picotements dans les yeux, des inquiétudes dans le nez, et une irritation aux lèvres, promet solennellement de ne plus se mêler de ce qui ne la regarde pas. J'ai pris des informations et, d'après ce que l'on m'a dit, elle a tenu parole.

LE PAPILLON.

Le papillon, créature paresseuse, ne fabrique pas de miel, comme l'abeille, et ne sait pas chanter comme l'oiseau. On ne le voit pas non plus, comme la prudente fourmi, remplir ses greniers en vue de la mauvaise saison.

Ma jeunesse n'est qu'un jour d'été ; comme l'abeille et la fourmi, je veux faire mes provisions, — mes provisions de savoir. Si je vais de fleur en fleur, je ne néglige pas d'accroître ma provision de sagesse. Je ne veux pas être un papillon.

LA TULIPE.

Qu'a donc ma petite Anna à redresser si fièrement la tête, et à promener autour d'elle des regards si méprisants ? On croirait qu'elle daigne à peine fouler de ses pieds le gazon tout parsemé de pâquerettes.

Est-ce l'idée que tu te fais de ta beauté ? est-ce l'éclat de ton teint, la douceur de ta peau, qui anime ton regard ? Le miroir où tu te plais à te regarder, t'a-t-il renvoyé l'image d'une taille gracieuse et élancée ?

Hélas ! cette élégance et ce doux éclat plaisent aux yeux sans gagner les cœurs ; ils peuvent exciter l'admiration des sots ; les sages ne s'en émeuvent guère.

Regarde la tulipe redresser fièrement en plein soleil sa tête parée des couleurs les plus éclatantes. On dirait des rubis ; on croirait voir de l'or. Avec quel orgueil elle étale sa brillante parure !

Mais qui donc a jamais cueilli cette fleur étincelante, avec l'idée d'en respirer le parfum ? On admire son éclat, mais elle se flétrit sur sa tige. Elle penche la tête et meurt, sans que personne lui fasse l'aumône d'un regard de pitié.

Les vertus du cœur peuvent faire naître la sympathie dans un autre cœur. La beauté ne suffit pas pour gagner l'affection, elle réjouit l'œil et laisse le cœur froid.

GEORGES ET LE RAMONEUR.

Georges venait de quitter la robe, car il avait quatre ans. On l'avait introduit dans un pantalon de nankin, orné de boutons aussi brillants que l'or. " Est-ce que je puis sortir pour montrer mes beaux habits ? Maman, me permets-tu de sortir ? Dis, maman ! " " Non, non ! " répondit la maman.

" Je te permets de descendre dans la cour, mais je te défends de sortir dans la rue. Les méchants gamins pourraient te jouer quelque mauvais tour, ou bien tu pourrais rencontrer des voleurs d'enfants." Malgré cette défense formelle, Georges sortit de la cour, pour se montrer aux autres petits garçons. Il marchait, fier comme un paon, et se disait : " Mon Dieu, que je suis beau ! "

Le voilà donc qui se pavane, lançant des regards pleins de vanité et d'impertinence. Un ramoneur vient à passer. Pour éviter le ramoneur, Georges fait un écart, et s'étale dans la boue. Le ramoneur, un brave garçon, se précipite pour l'aider à se relever. Il le prend par le bras, et lui dit : "Ce n'est rien, mon petit homme ; vous voilà sur vos jambes."

En parlant ainsi, il essayait, mais en vain, d'épousseter les habits du petit homme, et lui recommandait de ne pas pleurer. Aux taches de boue s'ajoutaient les taches de suie. "Adieu, mon petit monsieur !" dit le brave homme. Pauvre Georges ! on l'aurait pris lui-même pour un ramoneur, car il avait de la suie partout, même à la figure. Il pleure et gémit à fendre l'âme. Pourquoi aussi a-t-il désobéi ?

LA PAUVRE MARTHE.

La pauvre Marthe est vieille; elle a les cheveux tout gris, et depuis de longues années son oreille est très paresseuse. Il y a dix à parier contre un qu'elle n'entend pas un mot de ce que vous lui dites, quoiqu'elle place sa pauvre vieille main ridée tout près de son oreille.

J'ai vu de méchants enfants courir après elle et crier : "Sauvez-vous, Marthe ! voilà un taureau échappé !" Ensuite ils se moquaient d'elle, parce qu'elle avait eu peur et qu'elle avait pris au sérieux leurs sottes histoires.

J'en ai vu d'autres qui approchaient leur bouche de son oreille, et remuaient les lèvres sans parler. Alors elle disait : " Mon enfant, je suis sourde, et je n'entends pas ce que vous me dites." Ils la montraient au doigt, se moquaient d'elle, et se sauvaient en gambadant.

Faut-il qu'ils aient le cœur dur, pour tourmenter la pauvre vieille Marthe ? N'est-elle pas assez malheureuse sans cela ? Ne devraient-ils pas, au contraire, avoir pitié de son infirmité, et faire tout au monde pour adoucir un malheur irréparable ?

Un jour viendra où ces enfants seront vieux comme elle. Peut-être l'un d'eux sera sourd, et l'autre estropié. Peut-être rencontreront-ils des enfants aussi cruels qu'ils le sont eux-mêmes, des enfants qui les tourmenteront, se moqueront d'eux et les traiteront comme ils traitent la vieille Marthe.

Alors ils se souviendront des jours de leur enfance ; leur conscience les leur rappellera un à un. Dans l'angoisse et la honte, ils apprendront d'elle cette vérité : "On récolte toujours ce que l'on a semé."

LES PLAINTES DU PETIT INFIRME.

Je suis un petit infirme, et je ne guérirai jamais. Bons chrétiens, ayez pitié de moi. Autrefois, avant mon malheur, je souriais, et j'avais les joues roses. J'étais aussi heureux et aussi gai que vous l'êtes. Quand il s'agissait de jouer sur la pelouse du village, j'accourais toujours le premier.

Maintenant, hélas! je suis faible et abattu; je ne puis ni travailler ni jouer. Chancelant sur mes béquilles, je marche lentement, ou plutôt c'est à peine si je puis me traîner. Je ne puis plus, comme autrefois, chanter et danser et me mêler à la ronde joyeuse.

Je passe de longues nuits sans sommeil, à me retourner sans cesse et sans fin sur mon lit de douleur. Sur l'oreiller le plus doux, ma tête en feu ne trouverait pas le repos. Une angoisse sans relâche chasse le sommeil loin de mes yeux fatigués.

Quand l'aube apparaît, aucun rayon d'espoir ne luit dans mon cœur. La fièvre brûle mes membres ; la souffrance torture mon genou malade. Le jour qui commence s'écoulera lentement, comme tous les autres, dans l'angoisse et le chagrin.

Étendu sur ma chaise de malade, je vois du haut de ma lucarne la pelouse du village. Moi aussi, autrefois j'y prenais mes ébats ; je jouais au soldat, je battais la charge sur le tambour dont on venait de me faire cadeau. Heureux jours, qui ne reviendront jamais !

Mes joyeux compagnons d'autrefois jouent toujours, eux, sur le gazon parsemé de pâquerettes. Je vois leurs jeux ; j'entends leurs éclats de rire. Mon cœur se serre, mes yeux s'emplissent de larmes, quand je pense que je suis témoin de tout cela, étendu sur une chaise de malade.

Dieu me garde des moqueurs qui riraient méchamment en voyant ma pauvre jambe tordue. Bons chrétiens, qui passez par ici, arrêtez-vous un instant pour me dire une bonne parole. De ma chaise de malade s'élèvera une prière, une prière pour vous.

LA PETITE NÉGLIGENTE.

"Oh! Marie, pourquoi ne prends-tu pas soin de ta poupée? Pourquoi la laisses-tu traîner par terre, toute couverte de poussière, comme un objet de rebut. Je ne te la donnerai plus pour jouer.

"Je te croyais contente en te la voyant prendre avec tant d'empressement, lorsqu'on te l'a envoyée pour ton jour de naissance. Pouvais-je imaginer que tu t'en soucierais si peu? dis-moi, le crois-tu?

"Son petit chapeau de paille, tu le trouvais si joli! et tu y avais mis une si belle garniture de rubans roses. Le chapeau est tout froissé, et la poupée ne compte plus pour rien; il me semble que sa petite maman l'a complètement oubliée.

“ Une supposition : toi, Marie, tu es ma poupée, — une poupée que j'aime à voir propre et bien soignée ; suppose un instant que je traite ma poupée comme tu traites la tienne, que je te laisse traîner la guenille, que je ne m'occupe plus de toi.

“ Mais les poupées ne sentent pas comme les petites filles, elles ne souffrent pas de la négligence de leurs petites mamans. Si j'étais aussi négligente que toi, ton sort serait plus triste que celui de ta poupée, et ma négligence plus coupable que la tienne.

“ C'est à cela que je pense, lorsque je fais mon possible pour combattre les petits défauts de ma chérie. La poupée de Marie n'est qu'en cire ; celle de maman est une poupée vivante, qui a une âme, une âme immortelle.”

L'ARAIGNÉE.

“ Oh ! la grosse vilaine araignée ! ” cria la petite Aline ; et tout en criant, elle balaya l'araignée du bout de son éventail. “ Je n'ai jamais vu,” reprit-elle, “ une bête si noire et si horrible ; je ne veux pas qu'elle grimpe sur moi.”

" Pour sûr," dit la mère, " j'ose dire que la pauvre bête ne se risquera pas sur ton chemin ; quand je pense à sa terreur et au mal qu'elle a dû se faire en tombant, j'imagine qu'elle a plus à se plaindre de toi, que toi d'elle.

" Mais, ma chérie, pourquoi as-tu peur de cette araignée? Je t'excuserais de la craindre, si elle pouvait te faire du mal ; mais c'est à peine si tu as senti le chatouillement de ses petites pattes noires sur ton bras pendant qu'elle se sauvait.

" Que les araignées aient peur de nous, c'est tout naturel, car en un rien de temps nous pouvons les écraser et les anéantir ; mais nous, nous n'avons nulle raison de les craindre, car il leur est impossible de nous nuire, quand bien même elles en auraient l'intention.

" Et maintenant, regarde ! Voilà que la nôtre est revenue à son domicile. Vois-tu quelle toile délicate elle a tissée entre les branches de cet arbre ? Sais tu bien, ma petite Aline, qu'elle nous donne une excellente leçon : elle nous montre ce que l'on peut faire à force de patience !

" Quand tu auras la tentation de jouer aux heures de travail, rappelle-toi ce que tu viens de voir. Sans cela on pourrait croire (quelle honte pour toi !) qu'une pauvre petite araignée est plus avisée que toi."

À UNE PETITE FILLE MÉCHANTE.

" Ma chère petite fille devrait être gaie et bonne, elle ne devrait pas être méchante, elle ne devrait pas pleurer. Pourquoi cet accès de colère? Souviens-toi, mon enfant, que Dieu te voit, Dieu qui vit dans les cieux.

" Cette chère petite figure, que j'aime tant à embrasser, comme la voilà changée et maussade ! Crois-tu que je puisse t'aimer, méchante comme tu l'es en ce moment ? Crois-tu que je puisse t'embrasser toute trempée de larmes ?

" Rappelle-toi, mon amour, que si Dieu est dans les cieux, il te voit néanmoins, et ses regards pénètrent jusqu'au fond de ton cœur. Du haut de sa gloire il abaisse ses yeux pour te regarder, et pour surveiller sans relâche jusqu'à la moindre de tes actions.

" Quand je ne suis pas avec toi, ou quand il fait bien noir et que tu te crois toute seule, son œil voit tout ce que tu fais, la nuit aussi bien que le jour.

" Allons ! sèche tes larmes, souris à ta maman, et ne sois plus jamais méchante, car je suis sûre que ce doit être pour toi un bien gros chagrin d'être méchante et de pleurer si longtemps.

" Nous allons donc prier le bon Dieu de te pardonner cet accès, et de t'apprendre à fuir le mal. Et alors tu seras heureuse tout le temps de ta vie et encore après."

LE BON ESPRIT.

Le vent peut abattre le plus grand arbre, et pourtant je ne puis pas voir le vent! Des camarades de jeu, qui ont été bons pour moi, ma pensée peut les évoquer dans mon esprit. Ma pensée fait apparaître le passé dans le présent, et cependant je ne vois pas ma pensée. La charmante rose embaume tout autour d'elle, et cependant je ne vois pas son parfum. Écoutez le rouge-gorge, comme son chant est clair et limpide! Au sortir de son petit gosier les notes arrivent tout droit à mon oreille. Pendant qu'elles flottent dans l'air, je puis bien les entendre, mais il m'est impossible de les voir. Quand j'éprouve la tentation de mal faire, *quelque chose* dans mon cœur me défend de céder à la tentation. Lorsque c'est le bien que je veux faire, le *quelque chose* me crie aussitôt: "Oui, mon enfant, fais-le." Quand je m'approche trop de la rivière, pour voir couler l'eau de plus près, ce *quelque chose* me dit, sans que j'entende aucun son de voix:

"Prends garde, chère enfant, tu pourrais te noyer." Quand la vue d'un pauvre me cause du chagrin, ce *quelque chose* me dit : "Fais-lui l'aumône." Ce *quelque chose* doit être tout près de moi, quoique je ne puisse pas le voir. Rien de ce que je fais n'échappe à ses regards. Oh, alors, bon Esprit, sois le guide de ma volonté !

LA BAVARDE.

Du matin jusqu'au soir, Lucie parlait, parlait, babillait, babillait, sans s'arrêter un seul instant. Tout le long du jour les paroles lui coulaient de la bouche, comme les gouttes d'eau d'un robinet de fontaine.

De quoi donc parlait-elle ? De choses insignifiantes, et qui ne valaient pas certainement la peine d'être dites. Mais peu lui importait. Elle parlait pour le plaisir de parler. Ce plaisir-là elle le mettait au-dessus du travail, de la lecture, et même du jeu.

Vous vous dites peut-être : Il y aurait bien eu quelques moments de silence, si Lucie n'avait pas été une petite fille très intelligente. Si elle parlait toujours, c'est qu'elle avait toujours quelque chose à dire, quelque chose de sensé, de gai, de spirituel.

Erreur profonde ! Ne connaissez-vous pas le proverbe : " Beaucoup de langue, peu de cervelle " ? Ceux qui parlent le plus sont ceux qui pensent le moins, et l'on est toujours en droit de suspecter leur sagesse.

Si Lucie, quand elle était jeune, avait mis un frein à sa langue (il aurait suffi pour cela d'un peu de bon sens et de bonne volonté !), peut-être aujourd'hui ferait-elle nos délices, au lieu d'être un objet de moquerie et d'aversion.

JEANNE ET ÉLISA.

Il y avait une fois deux petites filles, qui n'étaient ni jolies ni laides ; l'une s'appelait Élisa, et l'autre Jeanne. Elles étaient de la même taille, à ce que l'on m'a dit, et même, je crois, du même âge, à quelques jours près.

Quelques personnes, qui ne les avaient peut-être pas examinées de bien près, prétendaient que la différence entre elles n'était pas appréciable. C'est une idée dont on revenait bien vite ; car, en réalité, il y avait entre elles une différence profonde.

Élisa savait bien que l'on ne plaît pas quand on se met en colère, que l'on boude et que l'on passe son temps à taquiner les autres ; aussi devant le monde elle employait un art infini, non pas à se corriger de ses défauts, mais à les cacher.

Ainsi donc, dans le monde, avec beaucoup d'efforts et de peine, elle arrivait à paraître presque aussi aimable que Jeanne. Mais il était facile de voir, rien qu'au pli de ses lèvres, que ses sourires étaient des sourires de commande.

En dépit de ses soins, le hasard lui envoyait parfois quelque contrariété, qui faisait paraître à plein son caractère. Dans ce cas-là, adieu les sourires si adroitement préparés ! adieu les jolies fossettes !

Jeanne, qui n'avait jamais rien à cacher, et qui n'était pas obligée de recourir à ces pénibles artifices, n'avait ni les soucis ni les fatigues de la dissimulation ; on lisait sur son visage les pensées de son esprit et les sentiments de son cœur.

À la maison ou dans le monde on voyait dans son sourire la paix du cœur et une bonté naturelle qui n'avait nul besoin d'artifice. Élisa avait beau faire, elle ne pouvait conquérir l'affection que l'on offrait spontanément à Jeanne.

LE PETIT HENRI.

"JE ne veux pas aller au lit," disait le petit Henri, qui tombait de sommeil ; "Va-t'en, méchante Victoire, je ne veux pas aller au lit, tu m'entends !"

"Oh, le petit sot ! Que dit-il là ! Comme si les petits enfants pouvaient toujours, toujours jouer ! Victoire, vous n'avez qu'une chose à faire, c'est d'emporter ce petit oison d'Henri."

Les petits oiseaux sont mieux élevés que lui; quand l'heure est venue, ils s'endorment sur la branche. Il y a plus d'une heure que les poules sont couchées, les canards aussi, et les autres volailles.

Le petit mendiant des rues, qui marche nu-pieds et qui n'a pas un toit pour abriter sa tête, serait trop heureux, lui, de s'en aller se coucher dans un bon lit.

LA TOILETTE.

"Pourquoi donc ma chère petite fille est-elle si grognon? Pourquoi pleure-t-elle? pourquoi boude-t-elle? pourquoi fait-elle la moue? Elle ne se doute pas de ce qu'elle perd en perdant son doux sourire. D'abord, moi, quand elle ne sourit pas, je ne puis pas prendre sur moi de l'embrasser.

"Tu dis que tu n'aimes pas qu'on te débarbouille et qu'on te fasse ta toilette. Est-ce que vraiment cela te ferait plaisir d'être malpropre? Que ce gros soupir soit le dernier. Voilà une petite figure qui n'est guère présentable.

"L'eau est froide, dis-tu, la brosse te froisse la tête, et il t'est entré du savon dans l'œil? Crois-tu que tes plaintes rendront l'eau plus chaude? Et quel bien cela peut-il te faire de pleurer?

"Ce n'est ni pour te tracasser ni pour te faire de la peine, ma chérie; c'est par affection et dans ton intérêt que je te débarbouille, que je t'habille, et que je passe le peigne dans tes cheveux emmêlés.

"Je ne regarde pas à ma peine, pourvu que tu ne pleures pas. Comme récompense je ne te demande qu'un baiser. C'est bien juste, n'est-ce pas? Prends la serviette pour t'essuyer les yeux; je pensais bien qu'après tout cela tu te montrerais bonne fille."

LA VRAIE DISTINCTION.

"Voyons, maman, ne me trouves-tu pas plus distinguée que Jeanne, ma nourrice? J'ai de jolis souliers rouges, j'ai de la dentelle sur ma manche, tandis que ses vêtements, à elle, sont mille fois moins jolis que les miens.

"J'ai ma voiture à moi; je ne travaille pas pour gagner ma vie: les paysans ouvrent de grands yeux en me voyant; personne, sauf toi, n'ose m'adresser des observations, parce que je suis une petite fille au-dessus du commun.

"Les servantes sont vulgaires, et moi je suis distinguée. Il est bien naturel d'ailleurs que je sois fort au-dessus des servantes, et de toutes les personnes de cette espèce."

Sa mère lui répondit : "La distinction, Charlotte, ne dépend pas du rang que l'on occupe ; il n'y a rien de plus vulgaire que la sottise et l'orgueil, eût-on des souliers rouges et de la dentelle sur sa manche.

"Toutes les jolies choses que portent les belles dames ne les autorisent pas à mépriser les pauvres. Ce sont les bonnes manières, et non pas les belles toilettes, qui font qu'une personne est réellement distinguée."

LA POUPÉE DE BOIS ET LA POUPÉE DE CIRE.

Il y avait une fois deux amies qui formaient un couple charmant : Hélène la brune, et Suzanne la blonde. Suzanne adorait Hélène, qui l'aimait de tout son cœur. Hélène, toujours bien mise, était la simplicité même ; Suzanne avait pour la toilette un goût trop prononcé.

Un jour Suzanne fit la connaissance d'une petite fille, qui étalait une toilette magnifique ; elle portait plumes et rubans à profusion, aussi attirait-elle tous les regards. Sa robe était en mousseline de l'Inde, parsemée de points d'or. Suzanne se dit : "Avec une toilette si magnifique, cette petite fille doit être recherchée de tout le monde. Si elle veut bien condescendre jusqu'à jouer avec moi, ce sera désormais ma seule amie." Ainsi donc, à cause de cette petite fille et de sa riche toilette, elle tourna le dos à la pauvre Hélène, et la regarda désormais du haut de sa grandeur.

Suzanne avait beaucoup de joujoux ; celui qu'elle préférait, c'était sa poupée de bois. Elle en était folle et ne savait quelle fête lui faire. Cette poupée avait le cou si blanc, la peau si douce, les joues si rouges ! Elle l'embrassait, elle la soignait, elle la couchait elle-même.

Un jour sa maman lui apporta une poupée de cire. Ses cheveux frisés, d'un blond pâle, étaient aussi doux que la soie ; elle ouvrait et fermait les yeux ; et puis, elle avait une toilette qui lui allait à ravir. " Ma chère poupée de cire ! " disait tendrement Suzanne. Quant à la poupée de bois, il n'en fut plus question.

Un jour d'été (c'était au mois de juin, vers midi), le soleil était dans toute sa force : "Chère poupée de cire," dit Suzanne ; "ma toute belle, ma charmante, on dirait que tu as froid? Attends, je vais bien vite te réchauffer." Elle porte sa poupée au grand soleil. Abomination de la désolation ! La cire se mit à couler, comme si on l'eût exposée à un feu ardent ; les traits si fins et si délicats se confondirent ; ce n'était plus qu'un horrible mélange de toutes les couleurs sur la belle toilette ! Suzanne fut saisie d'horreur, et s'écria : " C'est pour te donner mon cœur que je l'ai retiré à celle que j'aimais tendrement, et qui n'a jamais changé, elle ! Peut-être changera-t-elle comme toi, cette nouvelle connaissance, pour laquelle j'ai délaissé ma bien-aimée Hélène. Je ne me laisserai plus jamais prendre à la beauté extérieure. Me voilà, je l'espère, guérie à jamais de mon humeur changeante et capricieuse. Mon cœur sera désormais fidèle à mes vieux amis, quand même ils ne brilleraient pas comme vous deux par l'élégance et la beauté. Non, je ne me laisserai plus prendre aux nouvelles figures, à cause du seul charme de la nouveauté !" La poupée de bois fut tirée de son coin, et Suzanne se jeta dans les bras d'Hélène, qui lui pardonna de l'avoir oubliée.

LA DANSE DU PETIT ENFANT.

"DANSE, cher petit ; allons ! saute en l'air ; ne crains rien, bébé, ta mère est là pour te retenir ; chante et gigotte, gigotte et chante. Oh ! qu'il danse bien, mon joli petit enfant ; le voilà tout en haut ; le voilà tout en bas ; il s'éloigne de sa maman, il s'en rapproche, il tourne sur lui-même. Danse, mon cher petit ; ta mère chantera, et le collier aux grains de corail fera un joyeux accompagnement."

L'ÉPINGLE.

" Une épingle ! la belle affaire ! Je ne me baisserai pas pour la ramasser. Ma pelote est hérissée d'épingles ; maman en a à revendre. Il faudrait être bien avare pour ramasser celle-là." Ainsi parlait cette petite tête folle d'Émilie.

Voilà donc mon étourdie qui s'en va jouer, laissant l'épingle où elle était, et se disant : " Elle sera balayée par Sophie, ou bien quelqu'un la ramassera." A l'âge d'Émilie, surtout avec son caractère, on ne se préoccupe guère de l'avenir.

Le lendemain on devait aller en voiture, pour assister au départ d'un ballon. Toute la compagnie était prête ; mais la pauvre Émilie ne pouvait descendre pour rejoindre les autres. Faute d'une épingle, sa toilette restait inachevée.

En vain elle promenait de tous côtés des regards d'inquiétude et de détresse. Pas une épingle, pas une seule pour attacher le col de sa pelisse. Dans son impatience, elle déchira sa pelote, pour voir si quelque épingle ne se serait pas glissée à l'intérieur.

Elle finit, en désespoir de cause, par chercher sur le parquet ; comme elle explorait une fente, elle entendit un bruit de roues ; c'était la voiture qui partait. Ainsi, faute d'une épingle, Émilie manqua sa partie.

Il n'est objet si petit, si mince, si indifférent, dont nous ne puissions avoir besoin un jour, et qui ne puisse nous rendre un service sur lequel nous n'avions pas compté. Quiconque le néglige, comme la pauvre Émilie, peut, comme elle, avoir à s'en repentir cruellement.

LA VACHE.

Merci, ma belle vache, toi qui me donnes ce bon lait où je trempe mon pain matin et soir ; ce bon lait tout chaud, si frais, si doux, et si blanc.

Surtout ne broute pas l'infecte ciguë qui croît parmi les herbes des talus ; mange plutôt les primevères jaunes, qui communiqueront sans doute leur douceur à ton lait.

Là où pousse la sombre violette, là où murmure l'onde du ruisseau ; là où l'herbe est fine et fraîche, c'est là, ma belle vache, que je te conseille d'aller chercher ton dîner.

ALLONS JOUER DANS LE JARDIN.

" Ma petite sœur, allons jouer dans le jardin, car il fait très beau temps.

" Asseyons-nous sur le gazon, ou, si tu veux, jouons un peu, et amusons-nous à courir sur l'herbe.

" Mais nous ne toucherons pas aux fruits ; ce serait très mal de les cueillir, sans compter que nous nous rendrions peut-être malades.

" Nous ne cueillerons pas non plus les jolies fleurs qui sont dans les corbeilles et le long des allées, car tu sais qu'elles ne sont pas à nous.

"Mais nous cueillerons les pâquerettes rouges et blanches. Maman a dit bien souvent qu'elle nous permet de les cueillir.

"Et j'espère bien que nous obéirons toujours à notre chère maman, et que nous tiendrons toujours compte de ses observations."

LA PETITE ÉMILIE.

"Voyons, voyons, qu'est-ce qui fait pleurer ma petite Émilie? Allons, viens, pour que maman essuie cette larme. Appuie ta tête contre moi ; très bien ! et maintenant dis à ta maman ce que tu as ce soir.

"Quoi! Émilie est fatiguée de jouer ; elle a envie de dormir. Venez, Mariette, dépêchez-vous de l'emporter ; mais, ma chérie, ne fais pas la méchante ; tu sais, maman ne peut pas aimer les petites filles méchantes.

"Ma petite chérie va aller au lit, où elle oubliera son gros chagrin. Ah ! voilà son joli sourire qui reparaît. Tant mieux ! car je croyais qu'elle allait encore faire la méchante. Bonne nuit, ma chère petite, et ne recommence plus jamais."

LA PÂQUERETTE.

Je suis une jolie petite chose, et j'arrive toujours avec le printemps. On me trouve dans les vertes prairies, ma tête ne s'élève pas beaucoup au-dessus du sol. Ma tige se termine par un chaperon jaune et blanc.

Petite Marie, quand tu passes légèrement sur le tendre gazon, regarde bien à tes pieds de peur de m'écraser, moi, dont la seule présence proclame que l'hiver s'est enfui.

LES PREMIERS PAS.

VIENS, chérie, viens vers ta maman ; fais une bonne petite promenade aujourd'hui. En avant ! et n'aie pas peur ; maman est là pour veiller sur sa chérie. Lève tes petits pieds, l'un après l'autre ; c'est comme cela que l'on marche, ma mignonne.

La voilà maintenant si près de maman, qu'elle fera bien le reste du chemin toute seule. Ah ! la voilà qui vient ; prends mon doigt, petit château-branlant, et serre-le ferme. Maintenant, un bon baiser ! c'est bien le moins, après une si longue course.

LA BELLE TOILETTE.

ROBE élégante ornée de belles dentelles, cheveux bien bouclés, retombant sur le front ; voilà dans quel attirail la jeune Fanny se rendit chez une amie. Il y avait chez cette amie grande réunion de petites filles.

" Ah ! qu'elles seront toutes contentes de voir ma jolie toilette, et quels yeux elles ouvriront ! " Voilà ce que se disait la petite vaniteuse ; et son cœur battait, et elle était impatiente de se voir au milieu des autres petites filles.

Mais, hélas ! elles étaient toutes trop attentives à leurs jeux pour remarquer la belle toilette de Fanny. Elle avait perdu sa peine ; tout ce qu'on remarqua, c'est qu'elle était vaniteuse ; on ne s'aperçut même pas qu'elle était belle.

Lucie était en simple robe blanche, sans garnitures, sans dentelles, sans bijoux d'aucune sorte ; le charmant caractère de Lucie fit plus de plaisir à tout le monde que Fanny avec tous ses beaux atours.

Un aimable sourire gagne plus de cœurs qu'une belle robe ornée d'une dentelle élégante. On aime la fillette qui a bon caractère ; elle n'a pas besoin de parure ; pourvu que sa toilette soit convenable, on lui permet d'être aussi simple que possible.

RICHARD LE GOURMAND.

"Il me semble que je mangerais bien quelques gâteaux ce matin." C'est Richard qui dit cela ; il le dit en bâillant et en s'étirant. Il jette de côté son ardoise et ses livres, et s'en va chez le pâtissier.

Il promène des regards de convoitise sur les confitures et les gâteaux. Prendra-t il ceci ? prendra-t-il cela ? Il est tout troublé à l'idée de mal choisir et d'avoir des regrets.

Après mûre délibération, il se décida. Il avait hésité longtemps entre une tartelette et un baba ; ne pouvant se décider à laisser le baba ou la tartelette, il prit l'un et l'autre.

Richard ne savait jamais s'arrêter à temps ; lorsque sa faim était apaisée, il continuait à manger pour le plaisir de manger, sans se préoccuper des conséquences.

" En voilà assez ! " s'écria-t-il tout à coup ; " je me sens très malade. Je ne puis même pas achever cette tartelette, et je donnerais beaucoup maintenant pour ne l'avoir même pas entamée."

Alors il se leva lentement de sa chaise, jeta le reste de sa provision dans la rue, et sortit de la boutique si appétissante du pâtissier avec une figure décomposée.

Juste en ce moment un homme à jambe de bois se trouva en face de Richard, et lui demanda l'aumône en tendant son chapeau. Il lui raconta ses malheurs, et il le regardait avec des yeux suppliants.

Richard, pour lui venir en aide, se mit à chercher dans ses poches ; mais ses recherches furent inutiles. Il fut donc obligé de déclarer au pauvre homme qu'il ne lui restait pas un sou.

Le mendiant se détourna tristement. Il ne croyait pas Richard ; sa physionomie le disait, mais il ne prononça pas une parole amère. Richard se reprocha sa folie ; il avait du chagrin, et il était honteux de lui-même.

" Oh ! " dit-il, " que je voudrais donc ravoir mon argent (souhait superflu !). Que je voudrais donc n'avoir pas dépensé jusqu'à mon dernier sou, pour acheter des gâteaux qu'il m'a fallu jeter.

" Une autre fois j'écouterai ce qu'on me dira, et je n'achèterai plus rien par pure gourmandise. Je garderai mon argent pour le donner à ceux qui en ont plus grand besoin que moi."

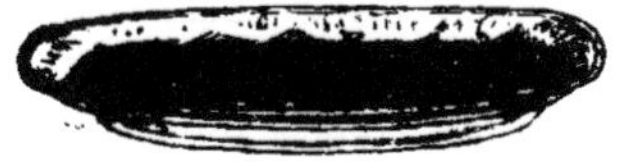

LES CONGÉS.

"Ah ! vous savez, les amis, nous voici presque en décembre, et nous serons bientôt en congé. Quelle chance ! j'ai beaucoup d'argent, et j'achèterai un sabre et un tambour."

C'est le petit Henri qui disait cela ; il avait hâte de quitter l'école ; il ne voulait pas perdre une minute. Mais nous verrons bientôt que cet amateur de congés ne connaissait pas le fond de son propre cœur.

Arrivé à la maison, Henri jette dans un coin l'attirail de la science, les livres, l'ardoise aux additions. Eh bien ! entouré de joujoux, bourré de friandises, Henri n'a pas l'air satisfait.

Les jouets qui l'ont amusé d'abord, les voilà jetés de côté absolument, comme les livres. Henri passe ses journées à bâiller et à s'étirer ; et le soir, quand il se met au lit, il est accablé de fatigue.

Il n'avait pas ce trésor d'où nous vient tout plaisir (le secret d'ailleurs est connu de trop peu de personnes). Vous vous figurez peut-être qu'il désirait d'autres jouets ? Oh non ! Ce qui lui manquait, c'était d'avoir quelque chose à faire.

C'est le travail qui donne de la douceur au repos ; c'est le travail qui fait passer les heures si agréablement. L'étude et la lecture nous procurent plus de plaisir que les joujoux et le jeu.

Henri retourne à l'école ; avec quelle ardeur il s'adonne à l'étude et au travail. Les livres et l'exercice alternent, et les heures s'envolent ; Henri ne soupire plus après les congés.

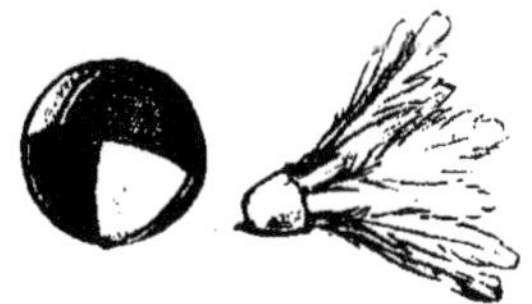

LA PELOUSE DU VILLAGE.

SUR la jolie pelouse du village, entourée de petites maisons, tous les petits garçons et toutes les petites filles sont en train de jouer au cerceau et à la balle.

Maintenant, les voilà qui folâtrent, la main dans la main, et forment des chaînes joyeuses. Puis ils se rangent en bataillons et marchent au pas sur la pelouse unie.

La balle élastique s'élance et s'élève dans les airs, ou bien elle rebondit contre le mur d'un cottage. Elle redescend, elle remonte, sans trêve et sans fin.

Voici le cerceau qui roule d'un mouvement régulier devant la bande joyeuse ; la joie anime tous les visages, la joie éclate de toutes parts en chants d'allégresse.

Ni les riches toilettes, ni les maisons princières, ni les joujoux dorés, ni l'appareil du luxe ne pourraient rendre ces chers petits enfants moitié aussi heureux qu'ils le sont.

Content de mon état, où je goûte des joies si réelles, je ne porterai point envie aux grands ; heureux comme je le suis sur cette pelouse de village.

MÉCHANCETÉ.

Vous qui trouvez du plaisir à jouer de mauvais tours, à lancer des pierres ou des briques, ou qui vous complaisez dans des gentillesses du même genre, écoutez l'histoire de ce mauvais drôle de Jacques. J'espère que son exemple vous empêchera de faire ce qu'il a fait.

Son temps, ce n'est pas à des distractions innocentes ou à des jeux de bon aloi qu'il l'employait ; non ! ce n'est pas là qu'il cherchait son plaisir. Tout son bonheur consistait à jouer des tours pendables. Un livre, le travail, un joujou, ne lui donnaient pas une minute de plaisir.

Il longeait à pas de loup la maison d'un voisin, lançait une pierre dans les vitres, et s'applaudissait d'un si bon tour. Ou bien encore, profitant de ce que la fenêtre était ouverte, il jetait des pierres ou des morceaux de bois pour faire peur au monde.

Lorsque des étrangers s'arrêtaient pour demander leur chemin à Jacques, il les renseignait tout de travers ; et alors, tout fier de sa méchanceté, il riait d'eux et se réjouissait de les avoir attrapés.

Il tendait une corde en travers de la rue, pour faire tomber les passants. Aussi personne ne pouvait le souffrir. Pas un seul enfant dans la ville ne consentait à jouer avec un pareil fléau.

A la fin les voisins perdirent patience, et résolurent de ne pas supporter plus longtemps ses méchancetés. Alors ils portèrent plainte, et Jacques, pour expier ses fautes, s'en alla passer plusieurs jours en prison.

LA PETITE FILLE QUI A BATTU SA SŒUR.

"VA, va, méchante, embrasse bien vite ta petite sœur. Que je ne t'y reprenne plus! que je n'entende plus ces bruyantes querelles!

"Comment! on se bat et l'on s'égratigne à un âge où l'on devrait être si doux Oh, Marie! que c'est laid à regarder, une petite fille colère.

"Moi, je ne comprends rien à cet accès de folie. Voyons! réponds, quel mal a-t-elle pu te faire en jouant avec ta poupée?

" Vois-tu ses larmes qui coulent de ses pauvres petits yeux. Et toi, mon innocente, viens avec maman ; cela ne te sert à rien de pleurer.

" Allons, Marie, essuie ses larmes ; console-la à force de baisers, et ne fais plus jamais pleurer notre petite chérie."

LE POMMIER.

Le vieux Jean avait un pommier, vert et vigoureux; ce pommier portait les meilleures pommes que l'on eut jamais vues,— juteuses, douces et rouges. Quand les pommes étaient mûres, il les vendait aux enfants ou aux personnes qui passaient devant chez lui, et avec l'argent qu'il en tirait, il achetait du pain.

Le petit Richard, dont les parents habitaient près du vieux Jean, jetait souvent sur le beau pommier des regards de convoitise, en se disant : " Oh ! s'il pouvait tomber une pomme !" Un jour qu'il s'était arrêté devant le pommier, par une grande chaleur, il se demanda s'il ne pouvait pas bien prendre une pomme, et il regarda par-dessus le mur.

De nouveau il jeta les yeux sur l'arbre, et se dit à lui-même : " Oh ! par cette chaleur, manger une bonne pomme, juteuse et rafraîchissante ! L'arbre est chargé de pommes, je n'en prendrai qu'une, et le vieux Jean ne saura pas si j'ai secoué l'arbre ; personne ne me voit."

"Halte-là ! petit garçon, retire cette main qui tient déjà la branche ; si le vieux Jean ne te voit pas, si personne n'est là pour te gronder, il y a Quelqu'un qui, la nuit comme le jour, voit tout ce que tu fais, et entend tout ce que tu dis, du trône de gloire, où il siège dans les cieux.

"Allons, petit garçon, écarte-toi de l'arbre, pour éviter la tentation, qui devient trop forte. Mieux vaudrait mourir de faim que de voler. Car le grand Dieu, dont les regards percent l'obscurité, inscrit dans son livre chaque crime que nous commettons ; il n'oublie jamais ce que nous essayons de lui cacher."

POÈMES ENFANTINS

PAR

JANE ET ANN TAYLOR

ILLUSTRATIONS

DE

KATE GREENAWAY

TRADUCTION LIBRE

DE

J. GIRARDIN

www.ingramcontent.com/pod-product-compliance
Ingram Content Group UK Ltd.
Pitfield, Milton Keynes, MK11 3LW, UK
UKHW022134260726
13993UKWH00003B/1428